KB164389

창비시선 106

박 경 석 시 집

차씨 별장길에 두고 온 가을

창 작 과 비 평 사

1 9 9 2

차 례

제 1 부

제 2 부

제 3 부

제 4 부

제 5 부

제 1 부

봄

봄은 나에겐
아물 줄 모르는 아픔으로 온다.

보리싹 파릇파릇
도랑물소리 풀리는 들녘길을 오히려
계절을 등진 겨울 속으로
그녀가 가고 있다.

개기월식이 시름시름 앓던 밤
연좌제의 가리워진 덫에 아버님 잃고
홀엄니 빈손 앞에 칠남매 식솔
무서운 입 하나 덜기 위해서
종교재단 기숙사로 떠나고 있다.

그녀 보내고 상사 코피 터져나는
노란 새벽이 나와 같이 중이염에 울었었느니

해마다 아픔 속에 파고드는 봄

아들의 여름

다박솔 그늘 시원한 풀밭에서
아들을 만난다.

병오년 말띠로 태어나서
같은 말띠 경오년의 땀띠와 싸우며
검게 그을은 아들의 얼굴

여기는 석사장교 솔밭 면회장
'충성!' 구호 외치며
만나는 즐거움 나누고들 있다.

언제부터 우리네 면회 풍속은
먹이는 일로부터 시작됐을까.

갈비찜에 통닭구이와 새로 담근 오이김치를
다 큰 아들 제비 입에 집어 물리며
그동안 굶주린 어버이 정은

버너의 불꽃만큼 달아오른다.

자식이 무엇인고
서울에서 불원천리 새벽차를 타고도
집사람은 씻은 듯
관절염 통증도 잊어버리고 있다.

아버지는 이맘때 계백장군 격전지
논산 황토 군번으로 그 무지한 여름을 싸워 이겼고
아들은 오늘 정포은 선생 고향땅에서
영천 군번으로 싸우고 있다.

떠날 무렵에 쏟아지는 빗줄기
인사말 나눌 경황도 없이
여우비 뚫고 본영으로 내닫는 뿌연 뒷모습
아픔 없는 헤어짐이 어디 있으랴.

눈물 그렁그렁 성급한 집사람은
이 다음 면회일정을 서두르고 있다.

차고약 별장길에 두고 온 가을

매다와 나는
차고약 별장길을 걷고 있었다.

종기 치료에 이름을 떨치다가
생살 째는 칼질에 쫓겨
설 땅이 없어진 차씨네 고약
별장 하나 남기고 지워진 저들

포도밭 끼고 산협으로 넘어가는
굽이 잦은 풀섶길
가을 끝물의 포도알들이
기우는 석양빛을 빨아들이고 있었다.

매다는 눈에 물소리 담고
청포도의 사상을 이야기했다.

고개 다수굿이 열아홉 풋풋한 탄력 머금고

볼우물 고이는 웃음자락이
내 가슴 모래톱에 파도를 일으켰다.

삼십년 저 너머에 두고 온 가을
다시 보고 싶어도 복원될 수 없는 길
잃어버린 것이 산천뿐이랴.

길목마다 범람하는 바퀴의 천국
서울에서 포도송이 고를 때마다
열아홉 그때 그 물결 출렁이며 있느니.

겨울 노래

눈에 덮인
펠세포네의 지하의 꽃씨들이
볼 비비는 소리를 나는 듣는다.
어린딸의 씨앗을 땅속에 묻고
대지의 어머니는 일손을 쉬고 있다.
더운 열로 내뿜던 盛夏의 사랑도
치마끈을 푼 채 잠들고 있다.
부드럽고 따뜻하던 대지의 흙은
온갖 입김과 땅기운을 잃고
딱딱한 表皮로 얼어붙는다.
어린딸이 석류알을 따먹는 동안
대지의 어머니는 힘을 잃는다.
한 해의 절반을 忍冬에 빼앗기고
땅의 체온은 아래로 아래로 내려앉는다.
봄 여름 무성하던 나의 체력도
끝없는 하강을 계속한다.
겨울에는 모든 것이 내려앉는다.

우리집 가계부도, 수은주의 눈금도.

지난 가을 석류알이 그리 붉더니

설날부터 연사흘 눈이 내렸다.

산토끼처럼

神話를 모르고도 열매를 좋아하는

재롱둥이 두 딸이 썰매를 탈 때

귤껍질을 벗기며

나는 집에서 겨울詩를 쓴다.

유촌 가는 길

우리는 그해 여름
유촌으로 가는 길을 거닐었었네.

삐비풀꽃 기다리는 푸른 강언덕
찾고 또 찾고
나는 삐비풀의 하얀 속살을
감은 눈 그녀 입에 물려주곤 했었지.
버들아기 어르는 해모수같이……

몇 마장쯤 걸었을까.
흐르는 물에 발을 담그고
둘이서 나란히 땀을 쫓고 있었네.

노을빛 타는 수줍음 파라솔로 가리우고
새로 차린 각시방에 나를 부른 그녀
그녀 입술이 빚어뿜는 풀냄새

물소리도 시간도 흐름 멈춘 거기
무중력 상태로 우리는 떠 있었지.

그 여름 풀냄새로 머리얹고 시집와서
고주몽 같은 아들 낳고
삼남매의 엄마로 둥지튼 그녀

두 딸아이 해수욕철 챙길 때마다
사랑의 순결법을 귀띔하고 있느니.

詩의 뿌리

내 산란기의 송어가 되어
강을 거슬러오른다 해도
흐르는 어느 역사가 바뀌겠느냐.

어눌한 내 한 편의 글을 초한들
이 시대의 얼굴과 가려진 옷이
얼마만큼 드러나 보이겠느냐.
내 마음 한 점 섬
가누어 밝히기에도 버거운 것을

하루살이는 내일이란 시간을 짚을 수 없고
매미 울음은 가을 물소리에 닿지 못한다.
나의 노래도 이와 같아서
詩의 뿌리에는 닿지 못한다.

어제 오늘을 한가지로 눈앞 챙기는
날렵한 사람들이 너무 많구나.

나름대로 어질고
슬기와 양심을 내세우는 세상

내 배운 도둑질이 이뿐이어서
삶에 굶주리고 진실에 목이 타는
나는 힘에 겨운 나의 시를 쓴다.
내 여린 언어의 꽃씨들이
겨울을 찢고 봄기운 술렁이는
소리의 핏줄을 내밀 때까지.

상 추 쌈

입을 넓적 벌리면 두 눈 크게 떠지는
신체의 연결반응 신기하여라.

아들아, 아버지 자랄 적 이야기니라.
두 눈 부릅뜨면 불효자라고 할아버지 앞에선
상추쌈도 제대로 못했느니라.

고주몽 같은 우리 아들아

하루가 표나게 달라지는 세상
그때가 벌써 요순시절이매
두 눈 원없이 크게 뜨고
상추쌈에 실어
공부머리 식히는 잠 좀 자거라.

네 공부의 평생반려인
입자물리도 같이 재워라.

고료를 타며

보리푸름 대낮
들일 나간 울어매 보고자와서
곱삶이 물에 말아 삼키다 말고
숟가락 든 채 찾아나섰다.

잘못든 모퉁이길
동구 밖 찝찝한 대밭에서 울었다.

보리문둥이 따라갔을라
경석아, 경석아, 우리 새끼 경석아

울어매 목청에 메아리 쩡쩡
奚琴소리로 시누대 운다.

내 어려서 보리문둥이
어린애 생간을 씹는다더만
눈썹 없는 세금문둥이

어른 된 내 간을 후벼 먹는다.

푸짐한 고료에 개평뜯는 소득세
보리문둥이는 소문이지만
세금문둥이는 현실이구나.

짖지 않는 개

새벽닭이 울지 않고
초저녁 개가 짖지 않는다.
주인이 이미 도둑이기 때문이다.
헌법을 녹이는 아방궁 촛불——
청색 지밀 내전에 불이 켜지고
주름살을 딛고 선 집권의 不老草,
마른풀 위에 빗방울 뿌릴 때
슬레이트 전셋집, 창생들이 이고 사는
청색 지붕에 빗물이 샌다.
해적왕 밤바다에 들끓는 욕망,
남녘 섬 제주도에 밀감밭 임자는 따로 있어도
썩은내를 맡는 것은 내 코의 자유,
선택된 콧물감기의 답답한 자유——
일주일에 두 번 나가는 보따리講義,
퇴계로 가는 길에
화요일과 토요일은 비가 내렸다.

나의 이웃 중산층

남들이 겨루고 빼앗을 적에 섬에 지은 나의 성을 지키고 산다. 중산층 편입을 끝낸 이웃이 상류를 향해 치닫고 있다. 장미빛 상한가로 증시텃밭 일구고 아파트 투망질로 비늘 고운 월척을 낚아 올린다. 법의 그물이 그들을 피해 간다. 도심지에 빌딩 세우고 당뇨와 고혈압에 신경쓰면서 주지육림 거느리는 경영학을 익힌다. 허지만 승패는 반반인가 보다. 고교시절에 일본어는 물론 영·불·독을 차례로 정복하고 에스파냐까지 넘보던 천재, 명문이 자랑하던 그 황제는 자취방에서 서울공대를 나와 발명특허를 서두르다가 실험실 의자에서 삭은 재로 죽었다. 과로에 무너지는 일회적인 삶——벌고 늘리고 싸우고 뺏고 개도 정승도 같이 벌어서 무덤 속에 별장 짓고 마침내 미라로 남을 것인가. 나를 알고 지키는 건 나일 뿐이다. 지금은 겨루고 싸우기보다 섬에 있는 나의 성을 다스릴 때다.

아내의 웅담

소낙비를 만났다. 산장으로 내려가기엔 너무 멀리 올라와 있었다. 빽빽한 숲이 비 그음질을 단념했을 때 산턱에 숨은 동굴이 우리를 유혹했다. 손잡은 기차 모양 빨려들었다. 숨돌릴 겨를도 없었다. 번개는 먹구름 사이로 천지를 갈랐고 천둥이 개벽을 서두르고 있었다. 열아홉 젖은 살이 불을 당겼다. 끌고 밀고 조이고 풀기. 백일기도를 채우는 동안 마늘과 쑥 냄새가 파고들었다. 아내는 마침내 꺼풀을 벗었다. 통과제의를 빠져나오자 새로 트인 갈매하늘에 칠보햇살이 실핏줄을 내뿜었다. 임간욕실에서 한마당을 끝낸 은백양잎이 바람에 몸을 맡긴 채 비늘 고운 속살을 수줍어했다. 예수처럼 부활할 수 없는 나에게 노래로 열리는 샘물戀歌——아내의 웅담은 싱싱했다.

樂山風俗圖

物神시대 사람들은 산을 찾는다.
잃어버린 자연과 놓친 건강을
내것으로 다시 찾고 확인하기 위하여
집도 마을도 서울도 비워두고 야호 야호
쉬는 날은 모두들 산을 찾아 나선다.
仁을 행하는 호연지기를 보아라.
시퍼런 도깨비불 버너에 피워 놓고
한 주일 피로를, 피로보다 독한 소주로 헹군다.
피돌기를 돕는 로스구이 상추쌈
마늘 강장제도 잊지 않는다.
잔치 끝에 흩어지는 포장지와 유리병
일회적인 소중한 삶을 위하여
일회용 쓰레기를 어지럽게 버린다.
신앙이나 해탈보다 우리는 차라리 건강을 믿는다.
일과 돈의 열반을 벌기 위하여
산을 찾는 우리는 모두 仁者다.

풀잎들의 평등

도강 훈련장에서
익사 직전의 부하 둘을 건지고
소대장은 죽었다.
끝내 물의 횡포 뿌리치지 못하고
칠흑 같은 죽음이 여린 목숨을 삼키는 순간
부모님 얼굴이 떠올랐을까.

그의 주검 위에
악취로 썩고 있는 검은 시간들
죽어서는 아무도 계급이나 신분을 논하지 않는다.
황토뗏장에 잡풀 우거지는 무덤 하나와
식구들이 기억하는 팻말 하나 남기고
허무라는 평등 속에 잠들 뿐이다.

살아생전 그토록 소원이던,
죽어서야 얻는 풀잎들의 평등

이 시대의 행복론

배고픈 설움과
쌀의 고마움을 가르칠 때는
노을진 피난길을 떠올리면서
자식들과 더불어 행복합니다.

조촐한 식탁
끼니 알리는 종을 울릴 때
다섯 식구 다섯 근의 단란을 누리면서
소액주주는 행복합니다.

얼마나 많이 버느냐보다
즐기며 쓰느냐를 깨우치면서
중산층의 신용카드는 행복합니다.

백담사로 가는 독재 추방을
평양으로 트이는 북방외교를
청문회에 실어 지켜보면서

이 나라의 민주화는 행복합니다.

보다 큰 사랑과 자유를 위해
시위대에 몸을 띄운 캠퍼스의 딸과
현장에서 말리는 어머니의 눈물을
그들만의 불행으로 확인하면서
우리 애들은 무사합니다.

적어도 나의 삶은
여야의 목소리와는 무관합니다.

스매싱과 발리로 일격을 가하고
동료들의 갈채를 한몸에 받으면서
주말 테니스가 활짝 웃을 때
나의 건강은 나의 조국
이 시대의 행복론은 내 몫입니다.

公無渡河

죽음을 노래한 사랑의 妖精이여,
彈琴의 주인이여.
그대 가고 내 앞에는 강물이 누워 있다.
죽음 뒤에 오는 것은 통곡일까, 침묵일까.
삶과 죽음이 맞닿은 곳에
강물은 어디서나 흐르고 있다.

이모부의 얼굴을 나는 모른다.
변호사 따러 일본 가서
기마병 부대에서 죽었다 한다.
바다 건너온 이모부의 객사를
어머니 품안에서 어렴풋이 알았다.
내 나이 일곱 살 때, 홀로 된 이모님 다녀가시고,
하늘 비친 눈물을 나는 보았다.

이모에게 사랑은 말뚝이었다.
반촌 문벌에서 빈 방 십 년 뜬눈으로 채우고

녹슨 정조대를 강물 위에 씻었다.
핏줄 잃은 슬픔을 어머니는 길쌈으로 달래었다.
목화밭 머리에서, 베틀 위에서
콧노래 입장구로 시름을 풀었다.

이모님 가시고
지금 내 앞에는 강물이 누워 있다.
어머니도 세상 뜨시고
삶과 죽음이 맞닿은 곳에
서러운 가락 흐르고 있다.
죽음을 넘어선 彈琴의 妖精으로,
두터운 부피로,
내 안에 조용히 흐르고 있다.

제 2 부

권씨의 각목

지워져가는 역사의 굴절 1

권씨의 각목이
이 나라를 매도했다.

쫓고 뒤쫓고 삼년을 벼른 끝에
이름없는 한 시민의 성난 논고가
천하 죄인 안두희를 몽둥이로 다스렸다.

——너 같은 놈 죽어도 싸.

내리고 타고
자기 삶을 서두르는 마포정류장

암살범의 질긴 목숨은
이번에도 죽지 않고 병원으로 실려간다.

심판은 조개처럼 입을 다물고
자궁보다 캄캄하게 가리워진 역사

白凡 쓰러지고 어언 사십년
흉탄 쏜 손가락은 살아남아서
칠십 천수를 누리고 있다.

내릴 사람 내리고
타는 사람 타고 가는 버스정류장

시간 속에 빛바랜 비극의 굴절을
무심한 하늘 아래 사람들이 보고 있다.

바람 속에서

1

풀벌레들이 작은 몸 담고
바람風字 속에서 살고 있다.
바람 속에 살면서
높새와 마파람을
노동절과 노래시간을
촉각으로 재고 있다.
주일학교의 여름방학을
끓는 대낮을
카랑카랑 금속음으로 쪼개던 저들
지금은 이렇게 불 밝힌 창에
맹목의 탄력으로 날아와 부딪치는
彈琴소리를 나는 듣는다.
파를란도로 흐르는 가을 물소리
저들도 나와 같이
바람이 부는 뜻을 헤아리고 있을까.

2

이 시대의 바람 속에 내가 살고 있다.
섬나라 차관 선풍이 귀청을 찢을 때
더듬이가 흔들린다. 내가 흔들린다.
애벌레를 면하기까지
몇번이나 허물을 벗어야 하나.
속눈썹 놓아 기른 근로자들이
외지의 낙타처럼 모래알과 싸울 때
중동에서 불어오는 석유바람 속에는
청색의 내 세금쪽지가 꼬박꼬박 묻어 있다.
일자무식하게 굶주림이 팽창하는
검은 대륙, 비아프라의 올챙이들이
내 가난에 도진 상처 겁없이 찌른다.
이 시대의 회오리 속에
서로 닮은 얼굴
나와 풀벌레가 함께 살고 있다.

금지된 물음

지워져가는 역사의 굴절 2

아빠
북에서 온 그 애 있잖아
왜 안짱다리야
어려서 못 먹고 커서 그래
에이즈에 걸리면 어째서 죽어
그런 건 몰라도 돼
그럼 복지원 암매장이 뭐야
공부나 해
아니다 그게 아니다
이것만은 모른 채 넘어가거라.
탁 치면 억하고 사위는 목숨
살아남은 사람의 슬픔이 큰들
고문당하는 고통을 따르겠느냐.
요순시절로 커야 할 아이들아
박종철의 죽음만은 모르고 살아라.

사과 戲吟

강보에 싸인
배냇머리의 애기 울음에서
나의 詩를 放牧해온 풀냄새의 어머니
그리고
따님을 내게 점지하신 흙내음의 빙모님,
당신들의 태반에서 이름 지은 열 달을
핏줄을 못 속이는
우리는 당신들의 分身입니다.
도금된 니켈의 果刀도 없이
사과 한 알을 가른 다음,
가리울 데를 가리운 우리는
당신들의 한밤에 흘린 原罪와
땀의 일로 빚어진 子正의 비밀입니다.
사랑이란 워낙
가시 속에 피는
가시의 면류관인 때문입니까.
아니면

단맛 속에 오히려 쓴맛으로 움트는

矛盾律의 씨앗인 때문입니까.

하늘에서

바다에서

깊어버린 숲 속에서 불붙는 사랑에도

우리는 왜 슬프고 외로워야 합니까.

善惡의 果汁으로 우리를 유혹한

최초의 자연이 이미 그 처녀성을 상실한 지금,

나를 사육하는 풀냄새의 어머니,

그리고

따님을 점지하신 흙내음의 빙모님,

도금된 니켈의 果刀도 없이

당신들의 만삭을 가른 우리는

방목하는 사과의 罪業입니까.

위 두어렁셩 두어렁셩 다링디리……

卒本 꾀꼬리

보리밭 고랑에서 풀냄새 어머니는
꾀꼬리 사설을 풀이해주셨다.
머리 빗고 물 건너 임 만나볼까.
비 갠 뒤에 우는 뜻을 새겨들었다.
삼대같이 키가 크면서
버들 그늘 머리 빗는 강의실이었다.
태자 유리왕의 참된 사랑은
고구려에 옮겨 심은 中原의 꽃,
雉姬의 슬픔에 뿌리내린 것이라고
열을 올렸다.
이 노래를 강의할 때마다
졸본 꾀꼬리가 와서 운다며
주임교수는 눈매가 엄숙했다.
사랑의 실습보다
눈물의 嚆矢부터 먼저 배웠다.
聖貧女塾 기숙사로 그대 떠나고
내 앞에는 텅 빈 보리밭만 남더니,

되돌아갈 궁전도, 버드나무도,
버드나무 선 토담집도 없더니,
꾀꼬리 사설 들을 적마다
불혹을 넘긴 이 나이에도
상처 아문 자국에
따끔따끔 그 아픔 살아나느니.

소리의 사진첩

지워져가는 역사의 굴절 3

고교시절부터 익살과 이야기로 만좌를 사로잡던 40대 정객*, 정치에 앞서 소리의 사진첩——은사님들의 흉내와 입심 좋은 몸짓이 그만이던 그 친구는, 하필 아웅산 폭음에 갇혀 숨거둘 겨를 없이 외지에서 죽었다. 화면에 비친, 사지 찢긴 기와쪽들이 그의 죽음을 확인시켰다. 知命을 앞에 하고 국가 유공자 서열에 끼여 동작묘지에 빈관으로 묻혔다. 제막식 끝에 비석이 선들 역사의 어느 한줄이 기억할 것인가. 나름대로 치열했던 생전의 삶——다른 것은 몰라도 인정에 솔직한 동갑 시인이 고인을 기리는 글을 싣는다.

* 아웅산 폭파사건의 현장에서 참변을 당한 故 沈相宇· 동기동창

밤거미를 잡으며

실타래로 집을 짓는 밤색 거미야
강력범이 살지 않는 밀림으로 가거라.

밤에는 우리 방에 줄을 쳐선 안돼.
밤도둑은 멀리 쫓아내야 해.

밤손님 드는 법이니 저녁거미는 죽이라고
내 어려서 귀에 못이 박히게
우리 할매한테 새겨들었어.

자수질 솜씨에 저주받고
베만 짜는 운명의 아라크네야.

미신도 사람 공해도 닿지 못하는
신화의 옛 마을로 가서 살아라.

한밤에 실을 잣는 검정거미야.

죽은 계절 대위법

아이들은 둑길에서
죄없는 개구리를 가지고 놀았다.
똥구멍에 대롱을 박고 입펌프질 열을 올려
뱃속에 바람 넣기 시합을 했다.
수초들이 우거진 방죽가였다.
떠오를 수도 없는 풍선이 되어
억울하고 허망하게 개구리는 숨졌다.

군인들은 광주에서
죄없는 사람들을 가지고 놀았다.
뒤통수에 곤봉 찍고 총검술에 불을 켜고
겁에 질린 몸뚱이를 때려눕혔다.
돌멩이가 흩어진 분수대였다.
부활할 수도 없는 예수가 되어
억울하고 허무하게 사람들은 죽었다.

아이들은 철이 없어 그랬을지 모른다.

군인들도 멋모르고 그런 짓을 했을까.
아이들도 군인들도 복막염에 걸리면
개구리 배통처럼 부어오르겠지만
무지한 손끝에 입다문 상처
어느 세월 아물 날이 있을 것인가.

늑 골

스물네 살 때
나의 뼈는 아내에게 옮아갔어요.

내 발에 꼬옥 맞는
그래서 아내는 나의 신발이지만
점호에는 능해요
빈틈없어요.

망년회 술집에서 딴솥밥 먹고
젓가락 두들기며 겁없이 놀다
개펄 속에 빠뜨리고 오지 않았나
요모조모 파고들어 기를 꺾어요.
番地 없이 오는 잠을 마구 쫓아요.

미래의지로 時制 바꾸고
무화과 잎사귀를 모두 벗겨요.

그러고는 아내는 달아오르죠.
백령도에 눈 내릴 때
파도 높을 때
신새벽 참숯같이 이글거려요.

열두 짝 옮아가는 소리 들려요.
잎사귀 동산에서 둥지 위에서

두 어머니

지워져가는 역사의 굴절 4

석기시대와 철기시대가 함께 보이는
두 어머니의 주름살에서 이 나라를 읽는다.

같은 날 같은 병원 중환자실엔
분신자살로 숯이 된 학생과
화염병에 뇌를 다친 전투경찰이
신음 끝에 나란히 숨을 거둔다.

산소호흡도 뇌수술도 때 놓치면 그뿐
죽어서야 한핏줄을 되찾는 저들

석간과 조간들이 때를 다투어
이념도 사상도 까맣게 모르는
두 어머니 사진을 같이 실었다.
자식들을 잃고서야 비로소 그 얼굴이
신문에 소개되는 슬픈 어머니들
돌멩이와 최루탄이 함께 보이는

두 어머니의 주름살에서

언제까지 이 나라를 읽어야 하나.

내 열아홉 薯童

맛소금 햇감자로 처남 달래어
종이배에 나의 밀물 실어 보냈네.

열아홉 봇물터진 相思打令이
구석방 모래톱에 파고 스미는
눈먼 그 시간을 지켜보았네.

개구멍 가로질러 넝쿨을 타고 넘는
숨찬 천둥소리를 나는 들었네.

사다리한 줄기에 벙그는 나팔꽃이
이튿날 아침 치아 고른 웃음을 웃고 있었네.

삶은 고구마로 끼니 때우고
한밤에 문지방을 타고 넘었네.

텃밭에서 탱자따기, 어르고 놀고 댕기풀기,

九重深處 깊은 골에 철철 넘는 백도라지——
감자서방 아니리*에 신명이 섰네.

창틀에 볼 비비고 숫기 피우는
수만 톤급 밤안개가 축축한 子正을 핥고 있었네.

솟을대문 눈초리에 덜미잡히고
서리 묻은 달빛 속을 빠져나왔네.

피치카토로 돌을 깨는 채석장 부근——
석수의 끌로 가을을 쪼개는
실솔이떼 탄금소리 새겨들었네.

우리는 시장기를 군밤으로 달래었네.
충장로 불빛 속에 퍼붓는 함박눈——
사랑의 긴 회랑이 타고 있었네.

골방 신행길에 토함산 새벽놀이 타오르고 있었네.
성 안의 봄기운을 바다로 실어가는
하얀 돛폭 위에 동해의 아침놀이 타고 있었네.

* 판소리 사설

나의 시로 화답하는 아내의 여름

내 깊어버린 한밤의 그대
여름은 우리에겐 창세기였어.

사과알을 쪼개 문
치아 고른 웃음이며
볼우물이며
내 森林의 빗줄기를 부르는
그대 모발의 팜파스초원에서
그대는 나를 놓아 방목하였어.

마디 굵은 나의 손길이
애무의 다리(橋) 위를 범람하며 있을 때
건반을 타는 설백의 기법으로
정상의 황홀을 도강해온 그대
모든 시간도, 아흔아홉 개
의 九泉의 물줄기도 숨을 죽이고
그대 들끓는 母音의 혁명은 시작되었어.

태초에 하늘은
노여움에 눈멀고 귀멀었을까.
내것으로 점찍힌 連戀의 멧부리와
雨期의 숲을 질러가는 천둥소리, 천둥소리——
바람 속에 사랑의 추를 흔드는
童貞으로 풋풋한 青果物들이
그대의 무게를 달며 있었어.

내 깊어버린 자정의 그대
내 삼림의 빗줄기를 부르는
그대 모발의 팜파스초원에서
나를 놓아 방목한
그대 여름은 흐르는 코피
범람하는 원죄의 강물이었어.

환상의 복식조

지워져가는 역사의 굴절 5

다만 하나라도 나를 읽는 독자여
탁구를 겨냥해서 하는 말이 아니다.

희생양 두 사람*이
계엄군 총탄에 왼쪽눈 잃고
안대 두른 채 증언대에 앉아 있다.

청문회 화면이 안대 벗기고
그들의 상처부위를 확대시킨다.

눈알도 속눈썹도 어디로 가고
엉겨붙은 눈거죽
달팽이 속살 내민 붉은 살점이
고압선에 닿은 듯 파르르 떤다.

80년 광주항쟁 횃불 사위고
도리없이 흘러보낸 아홉 해의 세월이

그들을 웃게까지 달랜 것일까.

── 사람들은 우리 둘을
환상의 복식조라 부른답니다.

이 말 끝에 그들의 하얀 웃음이
눈물보다 뜨겁게
나를 전율 속으로 몰아넣는다.

* 광주항쟁 부상자동지회 이지현 회장과 김태헌 부회장

知恩說話變奏

가난이 어찌 헐벗고 굶주림에 그치겠느냐.
홀어머니 식탁이 품삯을 흔들었다.
노비문서 몸에 숨기고
眞骨 갈퀴에 거덜난 삭신
몇번이고 일으키고 일으켰었다.
잣나무에도, 뽕나무에도, 비닐하우스의 호배추에도
세금쪽지 날아오고 날아왔었다.
외기러기 내려앉는 빈 하늘에
개밥 퍼주는 선달 큰애기
婚期 놓친 머리칼 어루만졌다.
나랏님이 구제 못한 어리석은 가난,
독지가의 슬기로 구제받은 가난,
울음소리 듣고 이웃돕기 성금 답지했느니.
종살이 사글세에 사후 청심환,
집집에서 후원해준 라면상자와
함포고복 태평시에 서속난가리, 뒤늦어
정부방출미 오백 석이 오고

孝養坊 화수분이 불침번을 불렀다.
때놓친 물가에 죽지 잃은 외기러기,
홀어미 식탁에 노오란 하늘,
품팔이 공양이 빈혈을 흔들었다.

플랑크톤이 내게 묻는 말

지워져가는 역사의 굴절 6

도시는 비어 있다.
내 몸 하나 무사한 속 빈 강정들
짜릿한 행복 바퀴에 싣고
서둘러 피서지로 가는 삶이 보인다.

사과나무는 누가 심는가.
렌즈는 박살나고
세상의 종말보다 더한 일들이
체르노빌 충격처럼 터지고 있다.

익사체의 폐부에 달라붙은 플랑크톤
미생물은 그러나 아무 말도 하지 않는다.
죽음과 진실, 그 이상도 그 이하도

핏줄보다 이념이 앞서는 나라
북녘땅에 잠입하는 게릴라식 순방과

틀에 박제된 밀실보안법

비바람 군단이 三南을 할퀴고 물어뜯는 밤
삼청동 요리집에선 배 나온 참모들이
올챙이 내장을 술로 헹구며
공안정국을 피울리고 있다.

자궁 속 깊이 원전이 들어서고
방사능 찔린 무뇌아를 낳고도
산모는 어차피 흑백 못 가린 채 살아야 한다.

서둘러 피서철이 비워둔 도시
평화의 껍질들이 지천으로 깔린 밤

이철규*의 플랑크톤이 내게 묻는다.
상처받은 역사는 누구 편이며
죽인 자의 무덤은 언제 파는가.

* 이른바 운동권 학생 사건에 연루되어 변사한 조선대학교 학생회 간부. 검시 결과 플랑크톤이 검출되기도 했으나, 확실한 사인이 밝혀지지 않은 채, 수사당국은 저수지에서의 단순한 실족사라고 발표한 바 있음.

煞

서울에 왔네, 밤도망을 쳤네.
웅크린 삶이 억울해서가 아니라,
볏섬 떼먹은 줄행랑이 아니라,
숨찬 노동으로 얻은 咳嗽病,
가래 끓어 허리 굽은 울어매의 길쌈과
구더기된장에 누룩술 한 말로도 다하지 못한
우리 아배의 살풀이를 위하여
서울에 왔네, 밤도망쳤네.
혹은 한두 달, 혹은 서너 달,
집 나가 노름판 무덤 속에 파묻힌
우리네 할아버지 핏발선 두 눈,
그 원한의 눈 부릅뜨고, 밤이면
이불활개의 詩를 썼네.
벽오동 아래, 목뽑아 발돋움한 기다림을 켜고,
아니, 井邑詞의 달밤 똬리 해 이고,
밤이슬 맞던 우리 어매 살막이 하리라며
이지러진 손금에 피흘리는 詩,

아픈 참음 동앗줄 땋늘인 채
삼십육 갑절 목돈 따는 데는
뺑소니에 줄행랑이 제일이라며
자루 쥔 원수들의 숫돌에 칼을 갈았네.
不改靑音 —— 대수풀에 싸락눈 뿌릴 때,
댓잎자리 깔고 눈맞춘 연놈,
머리 풀어 댕기 올린 상놈과 상년,
볏가리에도, 문설주에도, 고샅길에 뒹구는 쇠똥 위
에도
냉가슴 들끓는 피맺힌 사투리와
사나운 强敵들 등덜미를 노리는,
숨어 살 수도 없는 反骨을 하고
제 굿에 취한 취바리 知性,
뿌리 없는 모가지 廣大가 되어
서울에 왔네, 밤도망쳤네.

제 3 부

빈부의 양분법

아내의 잠 2

美女 엠마, 그 아픈 사랑의 수틀

맹꽁이 타령

서울 井邑詞

사회면을 읽으며

직장을 쉬면서

儒城溫泉癸亥戀歌

私習놀이

아버지의 섬

아침식탁

베틀노래

엄마의 관절염

手藝店情景 2

흑인찬가

탈 춤

고모의 滿殿春

빈부의 양분법

나는 자꾸 오른발이 짧아진다.
도깨비와 겨루는 외약씨름에
오른발은 균형 잃고
物神시대를 절며 걷는다.

나의 시는 꿈에도
저들의 이데올로기에 물들지 않고
그렇다고 혁신파를 가둔 적이 없지만
나의 삶은 갈수록 오른다리가 짧아진다.

부정과 축재의 먹물 내뿜는
문어발 큰손들이 눈감아도 보인다.

수출선박에 짙은 밤안개
황소울음 토하는 목쉰 뱃고동
덤핑판정에 겨자 먹고 울고
빈부의 2분법이 다리 절며 울고

물신의 도깨비가

가난의 목발을 흔드는 동안

나의 시는 형벌처럼 한쪽이 짧아진다.

아내의 잠 2

항해의 물기슭에 닻을 내린
한 척의 배.
정박을 끝낸
思想의 休日 ——
그 곁에서 나의 귀는
原始 내음 풍기는
故 장 꼭또씨의 소라껍질과
모래톱에 올라온
한 줌의 달빛 소리를 줍고 있다.

美女 엠마, 그 아픈 사랑의 수틀

世紀의 밤물결, 비비안 리.
출렁이는 화면을 가로질러
그대는 뱃전으로 가고 있었다.
提督의 품안에서 순간을 쪼개며
뼈아픈 파도로 부서진 그대.
그대의 삶은 장렬한 최후,
트라팔가 죽음 위에 굽이치고 있었다.
현관에서 침실까지 초록의 양탄자에
약속된 閨房詞를 수놓은 그대
「아, 목동들의 피리소리」를 배음으로 깔면서
流星의 한 小節이 화살보다 빠르게
그대의 창공을 가로질러
찬란한 슬픔을 긋고 있었다.
사랑의 추가 새벽 한점을 알릴 때까지

나는 원균도 충무공도 아니란다.
상등병 계급장 달고 전피장갑 끼고

수자리 지키는 콩나물 졸개.
연대 수송부 사역장에서
폐품 타이어를 운반하고 있었다.
좌수영 울돌목이 보일 때까지.
사령부 산하에 점호 끝나고
소등 완료한 내무반에서
닭털침낭에 지퍼 잠그고
아내의 기다림을 읽고 있었다.
靑錦이불호청에 얼어붙은 늪.
刺繡질 손끝에서 달이 진다며
땀땀이 아로새긴 베갯모 사연,
어깨 너머 彈琴틀을 보고 있었다.

맹꽁이 타령

새벽 상사몽이 아내를 깨웠고
아내는 또 나를 깨웠다.

강언덕에 풀꽃이 자욱했어요.
자운영 풀밭에서 한마당을 끝내고
강물 속에 툼벙질 황홀했어요.

아내가 다시 나를 보채었다.
몸무게를 등에 업고
기교 속에 싸움을 섞고 있었다.

끊고 이어지는 더운 콧노래
맹꽁아 맹꽁아 업어줄께 좋냐.

서울 井邑詞

기다림은 百濟에서 비롯하였다.
望夫의 옹달샘을
아내는 서울로 옮겨왔을 뿐이다.
行商의 길은 멀고 험하다.
새벽부터 밤늦게 몸을 쪼갰다.
을지로에서 수유리로, 수유리에서 후암동으로
꾸려 챙긴 봇짐 들고 초인종을 눌렀다.
은하수 아래 밤이슬 맞고
십년을 하루같이 눈멀어간 貞節,
아내의 기다림이 나를 지켰다.
——보세요. 벽오동 그늘에 달이 지네요.
이끼 앉은 우물에 빼앗긴 잠,
아내는 체온이 비어 있었다.
치열한 삶의 한 시대 지나고
격랑 끝에 정적과 긴 침묵이
도사린 지금,
아내는 이불 속에서

비어둔 물항아리 가득 채워줄
거센 詩의 물줄기를 기다리고 있다.
아궁이에 타오르는
베갯밑 後斂詞를 나는 듣는다.

사회면을 읽으며

안전수칙이 그를 비켜간다.
톱니에 잘린 검지손가락
자리 떠나 파닥이는 지옥의 살점
소스라쳐 뒹굴며 경련 끝에
석회질의 흰 뼈 토막으로 남는다.

해체된 생명의 남은 시간을
비린내로 채우고 엉긴 핏자국
불끈 힘주어 심줄 세우고
잘린 뒤에는
평등도 계급도 말하지 않는다.

슬플 때 슬퍼할 수 있는 권리를
어느 부조리가 달랠 것인가.

힘의 정치와 폭발물 테러
엄청난 충격을 흡수하고도

닫힌 평온 속에 서두르는 출근길, 허지만
팔이 안으로 굽어서가 아니다.

납중독 근로자의 잘린 가락이
아르메니아 지진보다
아픈 여운을 내게 남긴다.

직장을 쉬면서

非番의 땅으로 내가 누워 있다.
일터 빼앗기고 放牧하는 볼펜.
낮이불 펴고 三冬이 누워 있다.
매듭이 매듭에서 풀리지 않는다.
四溫日이 달아난 채
고드름 달고 중강진에서 발이 묶인다.
마음의 북한강이 풀릴 때까지
햇살 10만 톤이 나에게 필요하다.
화장실에 얼어 깨진 타일 몇 점이
흰 살 드러내고 드러눕는다.
하얀 배때기를 위로 뒤집고, 이 겨울
오염된 철새들이 드러눕는다.
수리공의 계산서가 얼굴 쳐들고
누런 웃음 달고 涅槃에 신명나서
우리집 초인종을 누를 것이다.

儒城溫泉癸亥戀歌

욕실에서 은밀히 기다리는 여자
날렵하게 나를 챙겼다.

집에서는 정경부인, 동화의 엄마
나와 만날 땐
끄르기 서로 편한 웃음과 탄력
그녀는 생동하는 작은 옷단추.

땅콩과 건어포에 알맞은 치아
병마개 따고 신명들린 춤
허리에 실어 음악을 흔들었다.

떠는 댓잎사귀 일곱 귀신을
풀어헤친 머리채에 향료 뿌린 발
막달라 마리아의 통과제의를

법원으로 가는 부정대출을

망명의 혼 달래는 필리핀의 데모를
추락의 재 잠재운 사할린 바다
흩어진 뼈 외지에 두고
빈관으로 돌아온 버마 외교를

시간에 꺾인 삭은 분노를
한오백년 잊고 사는 삶의 기교를
흔들고 흔들고 흔들었었다.

이튿날 새벽 부활을 서두르며
예수의 마을로 가고 없었다.

그녀 사라진 공사장 근처
고압선에 닿은 눈송이들이
감전된 날개를 떨고 있었다.

私習놀이

첫째마당　숫자놀이

3의 행렬이 백악관을 흔들었다.
어깨띠 두르고 문화원 점거
191, 책임 캐묻고 耳目을 흔들었다.
우리 아들 이름은 빠져 있었다.
계엄령에 발묶인 5월의 햇살
낭자한 함성 식은 재로 삭으면서
탄핵을 기다리는 상징의 숫자
191의 사망자 속에
우리집 명단은 빠져 있었다. 무사했다.
피묻은 두개골과 찢긴 돌멩이
철기시대 쇳조각에 횃불이 흩어지고
숫자의 비극이 우리집을 비껴갔다.
서울로 옮긴 겨자씨, 나와 처자식과
광주에 뿌리박은 형님네 식구들은 모두 무사했다.
위 증즐가 태평성대

둘째마당 太平歌

집사람 보안법이 안정을 서둘렀다.
사랑도 자유도 책 속에 잠재운 채
잊고 살수록 멍청한 평화——
겁없이 참고 기다리는 땅
망월동 응달을 내 이름이 비켜가고
일회적인 삶의 나의 우회로——
열린 서울도 닫힌 광주도 석간철에 철해 두고
집사람 相思謠와 어우르는 동안
여름밤의 건강이 누워 있었다.
한오백년 성화같이, 아리랑같이

아버지의 섬

문명의 단발령에 수염이 잘리면서, 실은
가부장 성역의 이끼가 헐리면서
담배와 술로 간을 축내고
밤늦은 귀가에는 길들인 하녀
누를 때마다 부활하는 초인종을 믿는다.
월급봉투를 내맡기면서, 사실상
권력이양을 서두르면서
아버지의 땅은 자꾸 좁아진다.
엄마 눈치만 슬슬 살피는
아이들 공부는 겨울 한란계
가르침과 채찍이 엄마 몫이 되면서
아빠를 기려보는 어린것들이
엄마 코앞에 손을 내민다.
이 시대의 滿潮에
아버지의 섬이 가라앉는다.
신호등에 쫓기는 비늘 없는 금붕어
까치발 뜀질로 물매암 돌며

어항보다 투명한 유리천국에
하루를 산다. 앞지르기 위하여
고급승용차에 함박웃음과
주말여행 굴리는 청사진을 위하여
월부금 붓고 숨찬 동전
자동판매기에 쑤셔 넣는다.
출근길 재촉하는 거울 앞에서
아버지는 오늘도 턱수염 밀며
물갈퀴 잃은 집오리가 된다.

아침식탁

도리반에 달무리를 이루는구나.
가장을 중심으로 물무늬져 퍼지는
이 원만하고 흥건한 평화——
앞치마를 두른 신선한 식탁의 아내의 품안에서
어린것은 나의 지문 찍힌
乳道의 수도꼭지를 틀고 있다.
모성애의 샘물 속에 출렁이는 해협——
피아노 건반을 타는
아내의 손은 아내의 음악이지만,
매양 나의 식성을 보살피는 민감한 촉수,
촉수의 민감한 피하지방에서
푸성귀의 속잎이 돋아나고 있다.
한밤내 열열하던 내 사랑이
천둥으로 울고 간 다음날 아침,
새로 피어나는 꽃망울일까.
아내의 왕국에는 나의 神託으로 잉태한
애기의 神殿이 이룩되고 있다.

아직은 햇빛을 보지 못한,

아직 태어나지 않은 애기가

아내의 태 안에서 멀리 건너가는

한 소절의 雨雷소리를 엿듣고 있다.

이 때, 섬돌 위에는 三世因果의 내 신발이

아침 출항을 기다리며 있다.

베틀노래

부처님,
귀가 크신 나의 부처님.
영산강은, 내 고향 細枝에서
서북 십리 길에 있었습니다.
일제시대, 시멘돌다리가 놓인 뒤로는
나루터도 사공을 잃었습니다.
아버지는 자전거로 건넜습니다.
쇠전 장터에 술집 차리고
눈맞춘 梅實네와 살았습니다.
깨강정에 녹두부침,
가는 날이 나한테는 생일입니다.
해동갑에 돌아오면 매아미 울고
베틀 위에 어머니가 있었습니다.
종아리에 어느덧 줄기가 서고,
시누대 회초리에 이슬짓는
어머니 눈물을 나는 몰랐습니다.

부처님,

등 돌리신 나의 부처님.

시앗싸움 끝난 허탈한 지금,

내 앞에는 노래만 남았습니다.

올올이 입방아로 아로새겨진

도투마리 시름만 남았습니다.

공장 굴뚝 송곳니에 물러나면서

바디집은 설 자리를 잃었습니다.

민속촌 토담집에

시름 맺힌 씨와 날로 묻혔습니다.

사랑의 무게가 사위는 지금,

길쌈과 지아비를 저울질하는

아내의 저울추도, 창연한 빛깔을 잃었습니다.

엄마의 관절염

막내야
배꽃 향기 몸에 달고
신촌에서 돌아와
뒷설거지 돕는 바리공주야

일남이녀 둥지 지키는
이날 평생 아빠 사랑도
너희 엄마 관절염은 다스리지 못한다.

쑤시고 당기는 관절마디에
칼슘으로 녹아서 닿지 못한다.

너희 셋 모두 여름에 낳고
산후조리 못다한 후더침으로
고약스런 이 병을 앓는가보다.

식물 알로에는

백합과에 속하는 다년생 약초
엄마 치료에 신통히도 듣는구나.

엄마 일 돕는 바리공주야
아빠는 오늘도
알로에 농장에 다녀와야 한다.

手藝占情景 2

시청 광장의 민감한 시계탑이
열두점을 알리는 수예점에서,
그대는
수틀 속의 눈을 들어 나를 쳐다본다.
수틀 속의 눈으로
그 눈의 크기만한 크기의 세상을 조감한다.
나 또한 그대 수틀 속의 눈을 통하여
그 눈의 넓이만한 넓이로 세상을 본다.

익어가는 가슴끼리
사랑을 물감으로 풀고 있는 자리에
주춧돌을 다듬는 우리들의 집터는
또 얼마만한 농도로
세상을 곱게 물들이며 있을까.
시청 광장의 민감한 시계탑이
푸른 눈매의 정오를 누비는
그대의 수틀에서, 수예점에서.

흑인찬가

그는 달린다. 코뿔소같이
열병에 걸린 아프리카 토인
쫓아오는 병균을 뿌리치기 위하여
죽음의 공포에서 해방되기 위하여
앞만 보고 내닫는 무서운 질주
문명의 거울 속엔 우매한 미신으로 비치겠지만
아니다. 그렇지 않다.
숨가쁜 과학도 살기 위해서 뛰고 있다.
권력형 부패와 손꼽는 재벌로
군림하기 위하여 불켠 시라소니
빌딩의 밀림 속을 바퀴에 실려
세련된 껌둥이들이 치닫고 있다.

탈 춤

화면에 처음 나타난 그가
얼굴보다 큰 손을 내밀었을 때
세상 사람들은 당혹에 앞서
경계의 눈빛을 가누지 못했다.
이재에 밝은 악덕재벌들이
다투어 그 이름을 상품에 새겨
성급한 승부를 서둘렀을 뿐.
턱뼈가 발달한 네안델탈인
틈틈이 수화 나누며 손을 흔든다.
그의 법 앞에 허리 꺾인 풀잎들
눈물과 재채기에 몸을 맡긴 채
겨울 나무들이 겁없이 떤다.
채널 밖으로 튀어나와서
쥘부채 같은 손을 흔들 때
달나라 사람들은 노래하리라
빙하기의 병신춤을 처음 본다고.

고모의 滿殿春

비오리야, 비오리야,
色身 고운 비오리야.
눈이 얼면 여울에서 노는,
어려서 본 비오리야.

고모님은 우리 종가의 고명딸이다.
족두리 쓰고 육례 치르고
어엿한 조강지처로 호적에 앉혔다.
시앗을 보면서 섧자리였다.
박빙의 조바심으로 새벽을 기다렸다.
한번 본 고모부는 바람이었다.
머리 얹히고 떠나는 바람,
떠나기만 하는 바람……
고모님 눈은 닫힌 문,
녹을 줄 모르는 얼음이었다.
일부종사 질긴 끈이 삶을 묶었다.
동강난 기다림에 파고든 허무,

밤이고 아침이고, 도둑맞은 들판이 드러눕고
어김없이 놓친 잠이 얼어붙고 있었다.
고모님 회갑 이듬해던가.
고모부의 객사를 내종사촌이 전해주었다.
자식 도리에 종신도 못했다고 서러워했다.

고모부의 죽음에서
타고난 역마살을 나는 읽는다.
풀리지 않는 고모님 늪을,
유년의 비오리를 보는 것이다.

제 4 부

아내의 動動

동지마당

쿠바섬에 전운이 감돌고,
전군이 비상훈련에 돌입했다며,
허리에 수통 차고 불침번이 따로 없다며,
한 달 만에
출렁이는 파도를 부쳐왔어요.
출렁이는 그이의 釜山 파도가
뜨거운 목소리로
내 잠옷의 해안선을 후비며
귓속 모래톱에 파고 스며요.

입춘마당

특명이 내렸어요.
제대복 차려입고, 그이가 돌아와요.
얼음 밑에 봄물소리 ──

변방 수자리 늪이 풀리고
서둘러 혼수이불, 택일 짚을 때,
양지쪽 수런대는 꽃씨들의 꿈.
오래 걸어둔 문고리 따고
한 겹을 벗으면 아내가 되는
내 몸 피하지방이 출렁거려요.
얼다 풀리는 봄물소리 ——

풀 잎

대륙의 가장 건강한 뿌리
거대한 뿌리에 내 닿을까 못 닿을까.
월트 휘트먼을 번역으로 읽을 때, 아니다.
金洙暎 풀잎이 먼저 와서 눕는다.

雅　歌

맨발의 현화식물 그대는
샤론의 풀꽃 속에 젖어 서 있다.
초식성의 기법으로 바람이 불고 있다.
技法의 바람 속에
문득 화면을 질러오는
사랑의 제목들이 포개지면서……
젊은 부피로 쌓올린 포옹의 수은주를
눈금으로 새겨 가는 사랑의 여울목에
물줄기는 또 얼마를 불어 오며 있을까.
햇살의 프리즘으로 내 마음을 비추어 본
다채로운 凝視의 아래쯤에서.
희고 부신 땡볕 속에
희고 부신 맨발이 타는
그대의 정오, 찬란한 햇살의 범람 속에서.

여름이 일순에 우레를 놓아
거센 빗줄기를 디리밀 적에

放電된 나의 언어들이
물기 오른 그대 쪽으로 향방을 찾아 밀려간다.
1천의 풀잎들이 1천 번을 흔들리는
그윽한 전율 속을 머리칼이며, 머리칼이며
카니발의 현장이 밀려간다.
그대 있는 한,
그대 입술에 젖어 있는 한,
여름이 방목하는 나의 生成은 그대,
부피 큰 사랑이므로.
오, 맨발의 현화식물
그대는 풀꽃 속에 젖어 서 있다.

배따라기

聖 高銀

시나위광대의 역마살을 읽을 때
누님 허리 보고 홀로 우는 성감대
수백 관 원죄 싣고 떠나는 뱃길
나의 늑골 때리는 세노야 세노야

유배지의 겨울

비틀거리는 物價의 용수철이
가위눌린 겨울 목발이 공전절후로
편도선을 앓는구나.
수용소 열도에서 쏠제니친이
남녘바다 귀양살이 진도아리랑이
義禁府 방망이에 자갈물린 혓바닥이
밟으면 꿈틀하는
지렁이의 咳唾를 내뱉는구나.
독안에 갇힌 언론, 얼어붙은
자유의 빙판 위에 몇번이고
가래침을 토하는구나.
목구멍 때도 못 씻는 자필이력서
전력투구로 헤쳐온 보두청이
등짐 짊어진 내 어리석은 슬기가
배때기로 세상을 기어가는구나.
사랑과 서정의 원앙금 대신
기미와 주근깨로

아내의 품목은 바뀌는구나.

엎치락뒤치락——

잠없는 가장의 이불활개에

아내의 겨울밤이, 검버섯 피는

후더침으로, 아픈 背音으로 깔리는구나.

볕들 날 없는 쥐구멍

눈 위에 서리치는 나의 유형지에서

끝없는 벌판에서.

쥴리앙 쏘렐

잘못 태어난 전라도 사내,
무덤 속에서도 오히려
참모습은 가려져 있네.
마지막 유서까지도 피맺힌 사투리로,
본명은 끝끝내 밝히지 않네.
千의 얼굴을 가진 집념의 사내,
바닥을 보여주지 않는 스핑크스 웃음——
何時到處에 들끓는 냉소,
오랑캐만도 못한 출신 성분.
오른손에 묵직한 저항의 씨앗,
왼손에 독한 패륜의 꽃.
마침내 삶과 죽음이 맞닿은 곳에
수단과 목적이 일치하는 사내,
봇물 터지는 야심을 내걸고
정경부인 요리하는 육체의 물기슭에
약속된 항로를 열며 있었네.
바둑판을 누벼가는 포석과 같이……

통금 사이렌이 울리는 자정,
새파란 나이에
겉늙은 옥수수 수염을 달고
나주조개(羅閣)* 침실의 초인종을 눌렀지.
정1품댁 성탄절에 놓이는 칠면조
팽창하는 성욕의 제물이 되어,
노리개가 되어.
자라피에 용봉탕을 달여 먹고
잘 도는 피,
치마가 올라가고 세련된 상자,
판도라 女體의 두껑이 열리자
눈앞에 창궐하는 류머티즘——
핀에 찔려 채집된 잠자리 날개처럼
하나로 어울려 파닥거릴 때
어둠 속에서
새로 두점을 알리는 소리——
괘종 시계추에 肝을 쪼이는

형벌의 스타카토를 듣고 있었지.
둔갑을 잘하는 하얀 까마귀,
변칙을 일삼는 불규칙 동사,
십만 選良의 단잠을 위해,
싸우면서 건설하는 조국을 위해.
먹어도 배고프고
마시어도 목이 마른 전라도 사내,
무덤 속에서도 오히려
성난 두 눈을 부릅뜨고 있네.

* 안동김씨 세도정치 때 전라도 나주의 기생 출신으로 정경부인이 된 여자.

깨어 있는 바다

싸우거나 겨룰 수는 있어도
명령하고 심판할 수는 없을 것이다.

어리석은 어느 논고가
그보다 무지한 어느 폭력이
바다를 상대로 영장을 신청하고
얼굴에 용수 씌워
거센 파도와 떠오르는 수평선을
옥에 가둘 수 있을 것인가.

이스라엘을 이끌어간 지팡이로도
가를 수는 있겠지만
바다를 처형할 수는 없을 것이다.

한때 페르시아의 어떤 임금은
바다를 벌세우며 곤장 삼백 대를 호되게 쳤다.
패전 이유를 바다에 돌리고

단죄의 낙인까지 이마에 찍었다.

그때 바다의 마음이 어떠했을까.
과연 살라미스 어느 해역에
그날 그 자국이 남아 있을까.

매운 손끝이 닿지 않는 곳, 설혹
피비린 독재가 미친다 해도
가뭇없이 지우고 용서하는 바다,
분노할 줄 알면서 기다리는 바다.

깨어 있는 바다로 살고 싶다.
진실을 빼앗기고 삶이 흔들릴 때
깨어 있는 눈이 되어, 노래가 되어.

물결에 대하여

처음 그가 눈부신 조명을 한몸에 받고
화려한 옷차림으로 무대에 나왔을 때
세상은 찬사를 아끼지 않았고
열띤 갈채를 그에게 보냈다.

그와 어깨를 같이하기 위해서
나도 한켠에서 부지런히 움직였다. 허지만,
얼마 못 가서 그는 얼굴에 주름이 생겼고
세상은 딴판으로 등을 돌렸다.

그는 어떻게 녹슬었으며
걸친 분장이 때묻었는가.
무엇을 노리고 천지는 개벽을 거듭하는가.

나는 어려서 농경의 터전,
우리집 흙벽을 핥으며 자랐고
어른이 되어서는

산업화의 공해 속에 몸을 해쳤다.

다친 건강이 아물기도 전에
정보와 생화학을 양손에 들고
또 하나의 물결이 강타하고 있다.
어지러운 나의 급소, 어지러운
나의 노래는 어느 곳에 발을 붙일까.

과학이란 무엇이며, 숨돌릴 겨를 없이
문명은 왜 새로운 치장을 서두르는가.

목숨은 길고 사조는 짧다.
생활의 뿌리가 갈릴 때마다
사람은 거듭나고 또 몇번을 죽어야 하나.

죽지 않는 진실을 갖고 싶다.
시류에 때묻거나 녹슬지 않고

역사의 흐름으로도 지울 수 없는
한편의 시를 낳고 싶다.

꽃 병

어버이날에 어버이들은
가슴에 꽃을 달고 활짝 웃는다.

한집안 평화와 단란을 빌며
집어단 꽃들을 병 속에 꽂는다.

50년대 서정시인은
나이 어린 임산부로 꽃병을 비유했고
80년대 투쟁시인은
불을 뿜는 무기로 화염병을 노래했다.

똑같은 공예품도
50년대는 향기를 내뿜었고
80년대는 독을 뿜는다.

軍政이 할퀸 무지한 상처

아이들의 孔方傳

엄마.
내 돈 주고 친구 놓쳤어.
그렇게 질긴 자식 첨 봤어.
자습서 산다기에 오백원 꿔주고
받아내는 데 일년 걸렸어.
사정사정해서 내 비상금
빳빳한 종이돈 빌려줬더니
질질 끌고 동전으로 갚는 거야
십원짜리로만 약오르게.
꽉 막힌 엽전이야.
콧구멍 큰 그 자식,
태권도 주먹으로 패주고 싶었어.
눈치 보고 다급하면 주머니 뒤져서
하나 남은 토큰 털어주고
삼송리까지 걷는 지독한 자식.

부르고 싶은 노래

한 마리 낙타로 태어나고 싶다.

긴 눈썹으로 모래알과 싸우며
죽음의 땅에서 물줄기를 찾아내고, 그리하여
부활의 이적을 말없이 행하는
쌍봉낙타 질긴 슬기를 배우고 싶다.

입다문 침묵의 힘을 보아라.
천근 허무를 등에 지고
스스로의 목마름을 물주머니로 적시며
뚝심의 노를 저어가는
타고난 사막의 배를 보아라.

난민촌이 쓰러지고 레바논이 흔들릴 때
비무장 민물고기가 떼죽음을 당할 때
甲川 황새가 비명에 죽고
굶주린 혁명 일으킨 주먹이

멀고먼 대륙에서 재 뿌리고 돌아올 때

젖과 꿀이 흐르는 녹지대를 향하여
오늘의 증언대, 삶의 의지를 형벌처럼 끌고 가는
한 마리 낙타가 되어
이 시대 사막을 노래하고 싶다.

金德齡

누이야.
밤마다 일어서는 무덤 앞에
새우잠이 보인다.

꽃배암처럼
똬리해 드러누운 등 굽은 산길,
옷고름이 보인다.

뜰에 밀린 달빛 치마폭에 받고
모시 품는 품칼이 함께 보인다.

나는 어머니를 기리지 않는다.
억새풀 우거진 무등산허리,
나의 몫 산성을 쌓고 있을 때
삼 삼아 옷 지을라, 저녁 진지 챙길라
못다 단 채 놓아둔 동정 옷고름.

겨루기에 이긴 대신
어머니 역성에 숨진 누이야.
산발치에 돌배꽃이 피었다 진다.

황토 묻은 나막신 코에
아픈 네 살점이 낙화로 지고 있다.
무덤풀 일어서는 새벽 누이야.

* 이 작품은 김덕령 장군의 이른바 '남매 힘겨루기' 전설을 다룬 것임.

3박4일

똑같은 해수욕을
남녘 사람들은 바다로 가고
북녘 사람들은 산으로 간다.
똑같은 말을 쓰는 똑같은 아이들이
가자미눈으로 서로를 보고 있다.
평양 애들은 서울 애들을
각설이패로 떠올리지만
쪼개진 핏줄 부둥켜안고
헤어진 가족들이 다시 만날 때
감시의 눈초리도 허물어지는
순간의 진실을 하나같이 보고 있다.
38선을 만들고도 웃는 여유
심판도 부질없는 兩極의 피뢰침과
죽창에 찔린 상잔의 저녁놀이 함께 보인다.
3박4일 일정 마치고
분계선 넘어, 이념이 서로 다른 자기 마을로
복귀를 서두르는 신발들이 보인다.

열린 하느님과 닫힌 수령님이 겨루는 나라
은총과 은덕으로 지우려 해도
外債涅槃에 도진 가난
40년 충격을 내가 보고 있다.

컴 퓨 터

여기는 통제실,
컴퓨터 계기를 조종하면서
시의 자동화를 지켜보고 있다.

언어의 적재장에서
감수성을 실어나르는 운반차.
산더미 같은 사상을 정서의 등가물로 갈아끼우는
낭랑한 금속음을 내가 듣고 있다.
쓰려고만 하면 하룻저녁
열한 편의 시를 낳게 하고도
배 떠난 자리처럼 끄떡없을 것이다.

金洙暎 문학의 치열한 의식을
아류의 어느 시인이 닮았으며
가장 많이 공유하고 있는가.
컴퓨터에 물어보면 답이 나올 것이고
심사원들은 이 점을 고심 안 해도 좋을 것이다.

이천년대를 겨냥해서
나는 어떤 진실을 배워야 할까.
그때를 내다보고
나의 판소리는 어떤 마당을 차릴 것이며
민중과 피를 섞고 얼마나 캄캄하게 싸워야 할까.
이런 물음도 아픔없이 해결하는 컴퓨터.

문제는 돈이다. 그놈을 사들이기 위해서
나는 더욱 숨가쁘게 뛰어야겠지만
그렇지 않다. 나의 혼과 심장을
잠자코 그대로 맡겨둘 순 없다.

아무리 많은 시를 벌 수 있고
시대의 흐름을 좇는다 해도
마음과 정신, 하나 남은 얼굴까지를
기계에 의존하고 싶지는 않다.

寓　話

우리는 부지런한 일개미부부,
날만 새면 맞벌이로 집을 나선다.
스스로 건너뛴 불완전변태,
신혼시절 겨를없이 탈바꿈했다.
아이 하나로 날개 자르기.
촉각 세우고 적금붓기.
어쩌다 취약지구에 돌림병이 들거나
여름 홍수로 축대가 무너지면
상황에 따른 동원령,
물샐틈없는 대처를 한다.
탄금대 베짱이가 노래부를 때
공사판 어두운 벽을 뚫었고
주일학교 잔디밭,
고목처럼 쓰러진 지렁이를 발견하고
품앗이 놉을 사서 억척으로 날랐다.
됫박질이 노적가리로 불어날 즈음
어린것 학교에서 날아온 통신 ——

결석이 잦은 모퉁이학교*.

우리 부부 슬픔이 도사리고 있었다.

엄마 없는 전자오락실, 그애 혼자 파묻힌

쓸쓸한 하루해가 내다보였다.

겉낳은 자식 내 속으로 못 낳고,

얻고 잃음이 뜻같지 않은 살림,

순식간에 노적은 허물어지고

아궁이에 저금통장이 타고 있었다.

* 전라도 방언. 학교에 가는 척하고 옆길로 빠져 결석하는 일. 심부름도 잘못 했을 때는 모퉁이심부름이라고 함.

강진 꾀꼴새

닿소리로 이어바뀌는
'절라도' 말본.
그 딱딱한 맛의 문법보다는
우리말로 시를 쓰는 시인들의 땅.
모국어의 샘물 속에
무등차의 향기 ——
입성이 선비다운 김영랑 문전에서
강진 꾀꼴새가 사투리로 울고 있다.

불이 켜진다

정치가와 암캐들은
무허가 출입이 금지된 고장.
소돔 왕국에 내리는 유황,
짧은 미니와 노 브라의 유방으로
城中을 태우는 불기둥 대신
초승달이 켜지는 마을 어귀에
어긔야 머리곰 비취오시라
고개 다수굿이 지아비를 기다리는
井邑詞의 집.
집집마다 문득
光州 甲區의 불이 켜진다.

제 5 부

판소리 7
裵裨將과 어우르는 나의 變奏
판소리 8
오뚝이의 노래, 민중의 노래
판소리 9
大院君을 읽으며
판소리 10
詩, 부질없는 나의 詩
묵은 책을 고르며
장자늪
비켜 사는 맛
8요일의 비를 맞으며
권태에 대하여
앵속꽃
巡禮의 書

판소리 7

나의 삶은 더운 모래, 끓는 여울이로다.
오뉴월 보리누름에 얼어죽는 설늙은이,
황톳길 걷는 따라지 설움이로다.
눈물 일곱 말에 막걸리 서 말로도
다하지 못한 그믐밤의 한숨,
소금 먹고 녹슨 쇠북,
목쉰 전라도 판소리로다.
에헤라디야, 나라님전 상사디야,
살림에 쪼들리는 산팔자 물팔자야,
내 목숨은 더운 모래, 끓는 여울이로다.

裵裨將과 어우르는 나의 變奏

그날 아침 수리조합 쪽으로
집을 나간 아버지는
밤이 깊어도 돌아오지 않았다.
妓房 우물에 개구리 행감,
숨가쁜 두레박질을 나는 몰랐다.
만리성 쌓는 장끼 까투리,
새벽이슬 털고 아침햇살 가를 때
토방에 흩어진 울어매 한숨을 나는 보았다.
한눈팔기 대물림을 너는 아느냐.
조명 흐릿한 칸막이술집——
현금 주고 옷고름 끄르기,
이빨 빼주기, 알몸 되어 달아나기,
개헤엄치고 마당헤집기.
'7번' 비바리, 8부능선을 포복하다가
자정에 돌아왔다.
칼날 세운 서슬이
잠옷 밖으로 튀어나온 아내.

漁夫는 세 번 모른다 했고
제자는 서슴없이 스승을 팔았다.
나도 떳떳하게 동료를 팔았다.
직장에서 쫓겨난, 나를 닮은 그 사내.
최후의 만찬을 방패로 내세우자
아내는 채소같이 수그러졌다.
소금에 숨이 죽는 배추폭같이.
거미줄에 물잠자리 찢긴 날개와
동료의 아픔이 외면당했고
저수지 쪽으로 날아간 장끼,
집을 나간 아버지는 이틀 만에 돌아왔고
그날 밤 우리집은 아무 일도 없었다.
수사본부와 방범대원들의 딱딱이소리,
물샐틈없는 연합전술에
간첩은 길을 잃고 집집마다 닫힌 잠,
이 시대의 평화가 누워 있었다.

판소리 8

귀가 운다.
잉잉잉 전선줄이 바람에 운다.
소금 밀수로 도둑江을 건너는
식민지의 밤이,
피맺힌 설움이,
쫓기고 버림받고 도망쳐 살아온
할아범의 원한이
삼키는 울음으로 한밤내 운다.

갈대가 울고 있다.
지지징 마른 줄기가 강가에서 울고 있다.
가장 연약한 목구멍의 슬기가,
삽질로 퍼부어도 모자라는 보두청이,
밟히고 붙들리고 눈치보고 웅크려 온
힘없는 붓대롱이
삶의 동앗줄에 천치처럼 흔들리며
안으로 조용히 흐느끼고 있다.

오뚝이의 노래, 민중의 노래

내 이름은 不倒翁——
끈기있게 일어서는 내 얼굴을 보아라.

무법천지 하나로 옥새 빼앗고
함부로 매운 손이 나를 굴린다.

방아쇠 하나로
쉽게 만족하는 그를 향해서
무식하게
웃고 용서하는 법을 익힌다.

썩은 강이 흐르는 검은 삼각주
코 박고 죽은 언론의 철새

십장가는 채찍에서
박타령은 가난에서 나온 거지만
쓰러지며 일어서는 나의 노래는

빼앗긴 진실에서 우러나온다.

민중의 이름으로 고래심줄로
절망 딛고 일어서는 내 모습을 보아라.

판소리 9

울아배가 보인다네.
五斗米 벼슬에 핏발선 두 눈
식민지 朴主事의 탕건바람이 보인다네.
어여로 상사디야
논배미에 삽 들고
허수아비 흔드는 어깨 너머
북치는 소구굿 에헤라디야
먼산 보고 춤추는 도리깨질이 보인다네.

책을 읽으면
활자들 누워 있는 종이 이랑 사이로
울어매가 보인다네.
아주까리 등잔불에 바느질 타래실로
세상을 감아온 나이테 길쌈
개똥밭 잡풀 매는 호밋날에 입장구
보리밭 사래 긴 주름살이 보인다네.
시앗싸움에 등돌린 부처님도 보인다네.

국경일이나 공휴일 같은 때
우물반자 받쳐 이고 누워 있으면
쥐꼬리에 매달린 석자 수염
밖에서만 맴도는 내 얼굴이 보인다네.

大院君을 읽으며

열강의 최면술이, 오리발이 보인다.
난초잎이 바람에 흔들릴 때
대륙과 섬나라가 함께 보인다.
원수의 造船術, 원격조정법만 알았더라도.

강화섬이 보인다.
목백합에 빗방울 후두길 때
군함과 거룻배가, 대포 앞에 화승총이
무모하고 무색하게 척화비 몇 개
방파제 넘어 파도가 돈다.
파도가 돈다. 더도 말고 지동설만,
갈릴레오 판례집만 읽었더라도.

쇄국말뚝 하나로 막을까 못 막을까
척화비 뽑히고 치솟는 유리건물
물량의 가위누름 거울천지를 보아라.
리본 집어달고 크고작은 화분들이

수교 백주년을 차리고 있다.

인형같이 다소곳한 나의 삶을 보아라.
지하철 폭파음에 목백합 흔들릴 때
보인다. 치장을 서두르는 나의 문명이

판소리 10

심판은 어두워라.

배냇짓으로 크는 핏덩이

그 성별을 알 수 없는

칠흑의 미궁

여인의 탯속보다도 어둡기만 하여라.

易姓의 피로 다져진

역사의 수채통

軍政의 응달에서

시궁쥐 눈치보고 들끓는 식은 피로

내 부끄럽고 질긴 목숨 이어왔노니

심판은 어두워라.

탯속처럼 그저 캄캄하기만 하여라.

詩, 부질없는 나의 詩

바다를 향해할 때 어느 시인은
연애보다 담배를 먼저 배웠고
언어의 細工을 그에게 물려받은
내 열아홉 서동, 젊은 시절은
담배보다 사랑을 먼저 익혔다.
어느 때를 한가지로 나의 청춘은 나의 조국.
첫사랑에 앞서 이 땅에 뿌린
됫박 소금의 젊은 피는
최루탄 연기에 익숙했고
죽음을 향해 달음질쳤다.
잔인한 달에 살아나는 나자로의 부활 앞에
나는 어떤 먹피를 쏟아야 할까.
아픔 다음으로 부끄럽고
부끄러움 이상으로 부질없는 시.

묵은 책을 고르며

새우등 움츠리고
아이들이 화해를 기다리고 있다.

큰맘 먹고 말문을 트자
부부싸움은 사흘 만에 끝난다.

얼고 풀리고 순환 속에 사는 일
강 건너 베개가 되돌아왔다.

사흘 만에 계엄령 풀고
큰아이 앞세우고 청계천에 닿았다.

전집 몇 질 머리 처박고
그을린 천정에 닿아 있다.

치장 버린 채
5할 헐하게 팔리는 저들

한물 놓친 누룽지에 흐르는 시간
과거로 치달으며 파묻히는 저들
여기서는 새 紙貨도 헌얼굴로 보인다.

알맞게 참고 지난날 돌아보고
절반쯤 밑지며 느긋하게 사는 일

내 스스로 삶을 깨치며
아들 친구하여 책을 고른다.

장 자 늪

놋그릇이 보인다.

명주실꾸리 셋을 풀어도

끝이 안 닿는 밑바닥에서

이무기가 울고 있다.

三世因果의 준엄한 논고를

내가 듣고 있다.

죄의 심연만큼 깊이 패인 연못.

시아비의 어리석음을 며느리가 빌고 있다.

스님 바랑에서 쏟아지는 빗줄기.

집터 삼킨 벼락이

마을 앞 산비탈을 타고 넘는다.

뒤돌아보다 돌이 된 여인.

등에 업힌 애기마저 화석이 되고

三世因果를 내가 보고 있다.

예나 지금이나

핍박하는 자의 죄는 무겁고

죄의 무게만큼 깊이 패인 심연.

명주실 세 타래로
밑이 안 닿는 늪바닥에서
놋그릇 변죽이 이무기와 울고 있다.
오늘토록 타고 있는
준엄한 형벌을 내가 보고 있다.

비켜 사는 맛

새학기에
어엿한 중학생이 되면서
큰놈이 서류봉투를 내밀었다.

환경조사서 보호자 직업란이
빤히 쳐다보며 사람을 재고 있다.
아빠된 마음은 어두워진다.

자리매김이 부질없는 나름대로의 삶의 터전
안으로 잠긴 문지방들아,
안방과외가 빗장을 흔들었다.
목청을 흔들었다.
너는 커서 큰그릇 되어라.

전화벨이 울리고, 비오는 날
친구의 목소리가 날아들었다.
교외선 타고 인적 외진 술집에서

서로 억울한 술잔이나 나누자고.

적막강산에 눈감은 슬기
내 누구보다 똑똑한 천치로
빈부의 양분법을
어차피 외면하며 이날평생 살아왔다.

修身도 治國平도 저만치 접어두고
억울할 것 없는 삶을 마시며
자리매김 틀에서 비켜 사는 맛
비오는 날, 비켜 사는 친구끼리
술잔이나 나누자고, 전화벨이 울고.

8요일의 비를 맞으며

1

전쟁은 끝났어. 소강상태로.
군번과 소총 부대에 두고
마지막 일보에 이름 올리고, 그리고
최후의 만찬 콩나물국에 말아먹고
전쟁과 헤어지고 오는 길이야.
빗물 고인 참호 속에서
나 혼자 세운 單獨勝戰鼓.
3년 만에 무상으로 얻은 평화야.
살고 있는 사람들이 태극의 손수건을,
기를 흔들지 않았을 뿐이야.
전쟁은 끝났어도 나의 싸움은 이제부터야.

2

평화가 울먹이며 내게 말했어.

어쩌다 태어나니 비가 내렸고
몸을 가리울 3면의 벽, 무화과 잎사귀와
댓잎자리, 마구간도 없는 폐허였다고.
폴란드 애인들이 함께 놓친 房
아그네시카*의 일요 숲속에 비가 내리고
망가진 밀회, 찢어진 처녀막,
함부로 내맡긴 흙탕물 속에
낭자한 피를 내가 보고 있었어.
전쟁은 끝났어도 새로운 절망이 시작된 거야.

3

군복 벗고 非番의 땅으로 돌아온 지금,
남아도는 건 비맞는 평화,
8요일이 배깔고 쉬는 자유야.
빈집 비우고 아내는 小邑으로
地籍圖 꺼내들고 일을 떠났어.

아내의 세탁기에 곰팡이가 슬고
심지 세운 낯선 사내들이
흙탕물의 우연을 넘보고 있을 때
나는 혼자서 빗물 속에서.
8요일의 비를 맞는 비번의 땅,
나의 노래는 지금부터야.

* 플라스코의 소설 「제8요일」의 여주인공.

권태에 대하여

그녀는 흑인종이다. 검게 탄 石女.
나른한 졸음 속으로 나를 빨아들인다.
한눈 팔고 누워 있는 결재,
풀린 기지개와 서류함 속으로
고양이처럼 기어들어 나의 게으름을 핥는 여자.

그녀 음성은 잠겨 있다.
龍角散을 먹고도 녹슨 관현악,
그러나 흑인여자답게 살결이 부드럽다.

조강지처 그믐밤을 혼자 재우고
나는 그녀와 외박을 했다.
피부가 하도 나긋나긋해서
오입을 섞기 전에 나는 밑도리가 젖고 있었다.

그 뒤로 우리는 살붙이로 사귀었고
술집에서 만나는 단골이 되었다.

허지만 내 아이를 못 갖는 여자.
정을 떼기 위해서
어떤 금계랍을 먹어야 할까.

내 노래는 결국 나와의 싸움이다.
새로운 마당을 열기 위해서
나는 그녀를 보내기로 했다.

한 줄의 언어에 캄캄하고
남의 시와 겨루며 좌절을 씹을 때
천근 무게의 실어증을 거느리고
팔베개 속으로 스며드는 그녀.

타성의 학질을 떼기 위해서
독한 맘 먹고 나는 삼각지를 빠져나온다.

앵 속 꽃

울어매 수수밭에 가을 그림자
수숫잎 갈리는 말발굽소리

백마가 보였다. 헤이따이상
빼앗긴 신작로 日本刀로 가르며
읍내에서 달려온 말갈기 울음

재동이네 누님은 우리 마을 앵속꽃
안록산의 난리 대신 공출세상이 되면서
정신대보다 천번 낫다며
납폐로 머리얹고 싸가는 홋시집

잘 살아라 잘 살아라 하는 바람이
눈물 훔쳐 혀끝 차는 아낙네들과
홀어미 눈자위에 묻어 있었다.

巡禮의 書

노래 잃은 시대에 사는 자여.
새벽닭이 울지 않는다.
쇠붙이로 잠자던 산자락 그리워
시계 초침이 수탉 대신
스타카토로 울고 있다.
鐵과 헤어질 때 산은 죽는다.
몇 번이고 헐리며 죽어가는 산.
트럭에 실려 공장으로 지하철로
산이 산을 떠나고 있다.
수탉은 뜨락 양계장에서
하루해가 길다는 표정으로 서 있다.
톱니볏 달고 살코기의 무게를,
수컷의 구실을 키우고 있다.
인공으로 알을 까는 무정란 암탉들이
노래 잃은 벙어리를 쳐다본다.
실직했을 때 나를 보던
아내의 그 시선을 내가 보고 있다.

天下農本을 버린 나에게

고향이 주는

교묘한 앙갚음을 내가 보고 있다.

아픈 시대에 사는 자여.

■ 跋文

보통의 말

박경석형의 세번째 시집에 부쳐

김 우 창

박경석형이 서울로 이사를 한 것은 시에 적혀 있는 증거로 보아 거의 이십 년 가까이 된 것이 아닌가 싶지만 박형만큼 그대로 전라도 사람으로 남아 있는 사람도 많지 않을 것이다. 꼭 전라도 얼굴이 따로 있을 리가 없건만, 가늘면서 장난기 어린 눈, 날카로운 콧대, 잔주름 많은 마른 나무 껍질 빛깔의 피부, 그리고 방에 들어서면서 의자에 털썩 주저앉는 모습의 풍도(風度), 그리고 이내 터뜨리는 너털웃음, 이런 것들이 전라도의 인상을 어김없이 주는 것이다. 그의 말의 억양이 근본 미상의 서울말에 조금도 오염되지 않은 것이 인상의 중요한 부분임은 말할 것도 없다. 환경이 바뀌고 날고 기는 재주들을 가진 사람들의 소리가 크고 작은 바람이 되어 수런대도 그는 태어난 대로 자라난 대로의 한 그루 전라도 나무인 것이다.

그런데 그가 전라도 말이 아니라 표준어로 시를 쓰는 것은 오히려 역설적으로 당연한 일이다. 그의 시는 가장 틀림이 없는 표준어로 되어 있을 뿐만 아니라 아마 근래의 우리 시단에서 가장 단정한 행과 연과 리듬, 그리고 진술의 형태를 지키고 있지 않은가 한다. 대학 때부터의 국문학도로서, 오랜 국어 교사로서 모범적인 문장을 쓴다는 것은 당연한 의무에 속하는 일이다. 그는 충실한 국민이다. 전라도 사람이란 것이 극히 자연스러운 일인 것처럼 충실한 국민의 한 사람이란 것이 자연스러운 것이다. 그리고 그 충실함에는 표준어로 글을 쓴다는 것이 포함된다.

이러한 점은 시의 내용에서도 다시 확인된다. 그의 시의 감정적인 핵심을 이루고 있는 것은 그의 가족에 대한 보살핌의 사랑이다. 그는 학교에서 아이들이 받아오는 성적표에 마음 쓰고 집안일을 돕는 딸에게 고마워하고 군에 입대하여 훈련을 받는 아들을 안쓰러워하는 자상한 아버지이다. 그중에도 극진한 것은 아내에 대한 사랑이다. 그에게 젊은 시절의 사랑은 계속적으로 사랑과 고마움을 새롭게 해주는 추억으로 되돌아오는 것이다. 가정의 화목과 행복은 그에게 가장 중요한 인생의 지표이다. 그리고 그는 모든 징후로 보아 행복한 남편이며 아버지로 짐작된다.

그렇다고 그에게 괴로운 일이 없는 것은 아니다. 서울에 뿌리내리고 직업을 갖고 참고 견디며 그것을 지켜나가는 것이 어디 쉬운 일인가. 밀고 밀리면서 먹고 사는 일과, 층층시하 잘나고 무지르는 사람 많은 가운데 체신 지키고 살기가 어려운 일임은 박형의 시 여기저기에 묻어나온다. 특이한 것은 오히려 그 어려움을 과장하지 않고 균형 있는 인생의 느낌 속에 통제하고 있다는 점이다. 이것은 시대에의 문제에 있어서도 그렇다. 시의 중심이 가족에 대한 느낌에 있다고 해서 그의 시가 내향적 또는 내면적 시라는 말은 아니다. 그러한 느낌에도 불구하고 그는 건전하게 외향적이다. 이 외향성은 저절로 그의 시각과 관심을 시사 문제로 향하게 한다. 군사독재, 고문치사, 부패와 억압으로 엮어진 정치와 사회에 대한 비평들은 그의 시의 가장 중요한 부분을 이룬다. 이것은, 잘살든, 살만하든, 또는 못살든, 오늘의 시대에 사는 사람으로서 당연한 일이기도 하다. 그것이 튼튼한 또는 가까스로 얽어놓은 우리의 삶에 테두리를 이루고 있는 것이다. 그런데 이 경우에도 박경석형의 시는 시대의 어지러움으로 하여금 그의 나날의 삶의 적절한 균형 속에서 제자리를 지키게 한다.

정치가와 암캐들은
무허가 출입이 금지된 고장.
소돔 왕국에 내리는 유황,
짧은 미니와 노 브라의 유방으로
城中을 태우는 불기둥 대신
초승달이 켜지는 마을 어귀에
어귀야 머리곰 비취오시라
고개 다수굿이 지아비를 기다리는
井邑詞의 집.
집집마다 문득
光州 甲區의 불이 켜진다.

——「불이 켜진다」 전문

부패한 정치와 섹스가 횡행하는 세상은 성경의 소돔같

이 되었지만, 전부가 그러한 것은 아니다. 아직도 전통적인 자연과 음전한 지아비 지어미가 살고 있는 곳이 없는 것은 아니다. 그러한 동네에 퇴패의 뉴스는, 흔한 불평과 비난과 조소의 기능 그대로, 자기 정의를 위한 반대 명제 노릇을 하는 것에 불과하다.

세상의 어지러움이 자기 정당성의 반대 명제 이상의 것이 아니 되는 세계는 너무 안이한 세계라고 할는지 모른다. 그러나 그러한 세계야말로 우리들 대부분의 세계이다. 그것이 안이하다고 하더라도, 그것은 회피와 은신의 세계는 아니다. 회피하고 은신할 언어와 몸가짐의 그늘진 자락이 없는 곳에 숨을 곳이 많을 수가 없다. 그것은 안이할는지 모르지만 단순하다. 그 단순성으로부터, 작고 큰 인생의 고비에서 시를 시, 비를 비라 하고 그렇게 행하는 직절성이 나올 수 있다. 그리고 무엇보다도 구겨진 자락 없는 말과 마음과 행동——이것의 건전한 상식성이 어지러운 삶을 안이하게 또 편안하게 해주는 것일 것이다.

오늘날은 수사의 시대이다. 수사는 다른 사람을 상대로 하여 하는 말이다. 당대의 수사는 일단은 비분강개의 웅변과 피를 토하는 격문조의 문장에 의하여 대표된다. 여기에 대하여 현대적 서정시의 주된 스타일은 내면독백이다. 내면의 시가 짐짓 스스로 중얼거리는 소리에 가까운 듯하다면 수사적 시는 상대를 두고 하는 말의 몸짓이다. 그러나 스스로 중얼거리는 듯한 말도 엄밀한 의미에서는 완전히 혼자 중얼거리는 소리는 아니다. 완전히 혼자 있을 때 언어는 죽어 없어진다. 그러나 다른 사람이 들으라는 소리냐 아니냐는 정도의 문제다. 어떤 언어는 다른 사람을 상대로 공분을 일으킨다거나 나무란다거나 하는 말이 아니고 스스로 제 속을 비추고 스스로 흥분하는 것을 드러내는 말이라고 하더라도 자연스럽다 하기에는 지나치게 현란하고 인위적이어서 남의 눈을 끌려는 것이 명백하다. 그런 때 이러한 언어도 수사적이라 할 수 있다. 박경석형의 시는 이런 것들과는 조금 다르게 수사적이다. 그것은 그 표준적인 단정성에서 이미 구식의 수사를 느끼게 한다. 그것은 분명 상대가 있는 언어이다. 그러면서 특히 누구에게 열렬하게 사자후를 하려는 것은 아니다. 그의 시들은 주로 어지러운 세상의 여러 세력 속에서 스스로의 선 자리를 확인하려는 것이다. 그리하여 우리는 그것을 바깥의 언어로 스스로의 안을 다짐하는 말이라고 할 수 있다. 그것이 상식적인 판단을 낳는다는 것은 당연하다.

이렇게 말하는 것은 그의 언어가 극히 정상적인 언어의 상태를 나타낸다고 말하는 것이다. 그는 보통 사람이 보통 사람에게 또 스스로에게 하는 말을 쓰고 있는 것이다. 한 사회의 말의 건전성은 바로 이 보통 말의 건전성에 달려 있다. 다만 우리의 언어는 너무 오랫동안 외면적 수사에 매여 있었다. 이것이 한편으로는 언어의 내면을——그것은 사람의 내면이다——말려버리는 결과를 가져왔다. 그리하여 어떤 사람은 높은 목소리가 낡은 수사를 살려낼 수 있다고 하고 다른 어떤 사람은 기발한 말과 감각으로 말의 촉각을 되살리려 한다. 이러한 노력들이 그 나름의 의의가 없는 것은 아니나, 말의 근본은 우리가 안으로 밖으로 휘뚜루 쓸 수 있는 보통 언어이다. 오늘날 우리가 가지고 있지 않은 것이 중간 높이의 상식 언어이다. 이미 비친 바와 같이 이러한 언어가 문제를 가지고 있으며, 특히 시적으로 살아 있는 언어가 되는 데 어려움이 있는 것은 사실이다. 더러 여러 사람과 시를 이야기하는 자리에서 보면, 단정한 조사, 시행과 리듬, 명료한 진술——즉 상식적인 언어의 시적 가치를 설득한다는 것이 얼마나 어려운 것인가를 알게 된다. 그러나 이러한 언어를 우리의 언어 생활과 문학의 핵심에 돌아오게 하는 것이 극히 중요한 일임에는 틀림이 없는 것이다. (물론 상식을 가지고 상식이 얻어질 수 없는 것이 오늘의 상황이라는 진단도 가능하다.)

박경석형의 시가 속해 있는 것은 이 중간 정도의 보통의 언어의 세계이다. 여기에 생명을 불어넣는 일이 쉬운 일이 아니다. 그러면서 그것은 필요한 일이고 우리 사회에 의젓한 핵심을 유지하는 데 관계되는 것이다.

이번에 박형이 세번째 시집을 출간함에 있어서 몇 마디 적어 축하의 뜻을 표한다.

후 기

저의 세번째 시집입니다.
미발표작을 포함, 80편을 이 자리에 앉힙니다.

차고약은, 현대의학의 칼질에 쫓겨 당당하던 세력을 잃을 때까지, 이명래고약과 함께 이름떨친 차씨 집안이 자랑하는 명약이었습니다.

광주에서 남쪽으로 몇 마장쯤 거닐면, 넓고 한적한 차씨네 별장촌이 넉넉한 웃음으로 우리를 포근하게 안아주곤 했는데, 사람들은 그냥 차고약 별장이라 불러 버릇했었지요.

열아홉 시절, 매다와 나는 그곳에서 매양 풀물 젖은 사랑을 키웠고, 이날 평생 그때 그 얘기를 나눌 적마다 어린 모습으로 거듭나곤 합니다.

30년이 훨씬 넘은 지금, 그 곳에는 차씨네 후손들이 세운 학교가 들어서고, 그 주변엔 아파트 건물들이 송곳처럼 하늘을 찌르고 있어 물어도 옛 자취는 대답이 없습니다.

고전적 체험에 의한 연가류를 쓸 때는 스스로 젊어지는 내 마음이 즐겁고 뿌듯하지만, 이 시대의 아픔을 노래할 때는 그저 막막하고 답답합니다. 그럴수록 각별히 이념의 수령을 경계하고 있습니다. 이념이 시가 될 수 없다거나 되어서는 아니 된다는 뜻이 아니라, 그것의 육화와 절제에 힘쓰겠다는 나름대로의 다짐입니다.

변변하지 못한 이번 작품집의 간행에 주례를 맡아주신 백낙청 선생님, 그동안 조용한 채찍으로 저의 시업을 지켜봐주신 김우창 선생님——두 분의 은공과 창비사 여러분의 고마우신 뜻을 두고두고 가슴 깊이 간직하겠습니다.

1992년 가을 갈현동에서
박 경 석

창비시선 · 106

차씨 별장길에 두고 온 가을

저자와의 협약에 의해 검인 생략

1992년 10월 25일 인쇄
1992년 11월 5일 발행

저 자 박 경 석
발행자 金 潤 洙
발행처 창 작 과 비 평 사

121-070 서울 마포구 용강동 50-1
전화 718-0541 · 0542 (영업)
718-0543 · 0544 (편집)
716-7876 · 7877(독자관리)
FAX. 713-2403
지로번호 3002568
대체구좌 010041-31-0518274
등록 1986.8.5 제10-145호

ISBN 89-364-2106-9 값 3,000원